Werner Sprenger

Zu Oasen führen alle Wege durch die Wüste

Werner Sprenger

Zu Oasen führen alle Wege durch die Wüste

Nie/nie/sagen-Verlag
Freiburg

Lektorat und strukturelle Gestaltung: Atina Haberkern

1. Auflage 1978
2. und 3. Auflage 1979
4. Auflage 1980
5. Auflage 1981

Printed in Germany
Herstellung: Fuldaer Verlagsanstalt GmbH, Fulda

ISBN 3-921778-17-4

Wenn Du nicht endlich begreifst, daß es Dein ungelebtes, totgeborenes Leben ist, welches Dich so langweilt, so elend, so krank und so verzweifelt macht, kann Dir niemand und nichts helfen – keine Tabletten, keine Therapeuten, keine Bücher, kein Gott und kein Mensch.
Ehe Du das nicht endlich einsiehst, daß Du Dein ungelebtes, totgeborenes Leben weder mit Drogen noch mit Therapien noch mit Büchern abtreiben kannst, wird Dir niemand und nichts helfen können, nicht tausend Tabletten, nicht hundert Therapeuten, kein noch so wesentliches Buch, kein einziger Gott und – keine Liebe.
(An B. Th.)

1

Tu, was du nicht lassen kannst, und laß, was du nicht tun kannst!

2

Krücken werden selten liegengelassen.

3

Ja, beim Glauben kommt wirklich alles darauf an, daß man glaubt, nicht, was man glaubt. Beim Wissen ist es umgekehrt.

4

Warum eigentlich soll Sehen- und Wissenwollen schlechter sein als Glaubensollen?

5

Wer überzeugen will, muß überzeugt sein.

6

Lange Erklärungen setzen immer den Verrat voraus.

7

Weil auch Sorgen mit der Zeit altern, können wir nicht ohne neue auskommen.

8

Anfangs kannst du einem Problem davonlaufen, doch mit der Zeit ist das Problem der bessere Läufer und holt dich immer ein.

9

Regel: Fast immer ließe sich mehr erreichen, wenn wir weniger versuchten, mehr zu erreichen.

10

Es gibt kluge Sätze, die lassen dich verstehen, was du zuvor nicht wußtest – du wußtest nicht einmal, wie sehr du dieses Verstehen benötigtest.

11

Nur auf alten Wegen läßt sich Neues entdecken.

12

Immer wieder mißlingt es mir, gleichzeitig auf Reisen und zu Hause zu sein.

13

Frisch gewagt, ist halb gewonnen – also: frisch gewagt, ist halb verloren.

14

Mäßigung ist eine Frucht des Überflusses.

15

Plato forderte ein Jugendverbot des Homer.

16

Ein Ja verhindert unzählige andere Jas.

17

Könnten die Haustiere sprechen, würde es schon lange keine mehr geben.

18

Wirklich Spaß macht mir nur, was ich ernst nehmen kann.

19

Du kannst dich nicht erinnern? Erinnere dich – und du wirst dich an mehr erinnern.

20

Gelegenheit macht Diebe – aber auch Kinder und Leser.

21

Wer sich selbst nicht ernst nimmt, der wird nicht ernst genommen.

22

Besser, so richtig unangepaßt als falsch „richtig angepaßt“ zu sein.

23

DAS LEBEN ist eine Erfahrung, die jeden Tag wieder neu gemacht werden muß – ganz besonders im Alter.

24

Neue Situationen kannst du nicht mit alten Erfahrungen bewältigen.

25

Die eigene erlittene oder beglückende Erfahrung muß vor dem Lernen und Lesen kommen, weil sonst mehr genommen als gegeben, ja, die schließliche Erfahrung selbst verfälscht wird.

26

Das Feuer versteht der am besten, der sich verbrannt hat.

27

Wie kannst du erwarten, etwas zu erleben, wenn du selbst nicht lebst?

28

Wo etwas recht und schlecht gehen soll, dort wird es recht und schlecht gehen.

29

Wir bereiten uns auf das Leben vor, aber in der Regel bleibt es bei den Vorbereitungen. Die Musiker eines Orchesters stimmen die Instrumente, aber die Symphonie wird nie gespielt.

30

Wenn die Menschen wüßten, wie kurz das Leben ist, würden sie weniger hoffen und sehnen und mehr leben und weniger fürchten und mehr lachen und weniger schwindeln.

31

Jede Stunde ist die letzte, (denn keine läßt sich so noch einmal wiederholen).

32

Jeder von uns würde anders leben, wenn er wüßte . . .

33

Tu' etwas, wovon du dein Leben lang geträumt hast, und du wirst etwas erleben, wovon du dir nichts hast träumen lassen.

34

Und da sind die Träume, die sich nie erfüllen — außer in Träumen.

35

Es gibt Zustände, die kein Mensch erdenken, die man nur erleben kann. Denn könnte man sie erdenken, würde der Ansturm der Angst uns zerstören.

36

Jeder Mensch lebt in einer Welt, die er sich selbst geschaffen hat – meist in Heimarbeit.

37

Ich rechne nicht gerne. Wenn ich aber schon rechnen muß, dann rechne ich am liebsten mit Wundern.

38

Für mich liegt das Wunderbare des Lebens nicht im Erleben des Erwarteten, sondern des Unerwarteten, des Überraschenden.

39

Diese alltägliche Welt ohne Wunder, die ein einziges Wunder wird, sobald wir genauer hinsehen. (Jede Fliege, jede Butterblume – ein unergründliches Wunder.)

40

Der rechte Weg weiß nichts vom Ziel des Weges.

41

Willst du ein großes Ziel erreichen, beginne heiter und entspannt mit dem Kleinen, dem Nächstliegenden. (Auch eine Weltreise beginnt mit dem ersten, nicht mit dem zehnten Schritt.)

42

Die Erlebnisse nehmen als Grundlagen für neue Gefühle, neue Gedanken, neue Möglichkeiten, und nicht als Grundlagen für Selbstverdammung oder Selbstlob.

43

Große Lebenskunst: das Unwichtige nicht wichtig werden zu lassen.

44

Der Mensch zahlt immer nur in einer Währung – mit seinem Leben.

45

Wie lange könnte ein Mensch von Geld allein leben?

46

Komisch, daß die meisten Menschen nicht zu leben verstehen, obwohl sie doch alle leben müssen.

47

Wenn du am Ertrinken bist, dann ist es zu spät, Schwimmunterricht zu nehmen.

48

Einen Menschen mußt du lieben lernen, ehe du das Leben lieben lernen kannst.

49

Das Leben der meisten – ein langes Bangen und Fürchten und Reuen. Das Leben der Reifen – ein langes Danken, Staunen, Sichfreuen.

50

Nicht so sehr, was du erlebst, sondern wie du darüber denkst, was du erlebt hast, das ist entscheidend.

51

Was sich nie und nirgends hat begeben,
das allein enttäuscht uns nie im Leben.

52

Wer leicht vergißt, lebt leichter.

53

Enttäuschungen und Fehler sollte man sich ruhig eingestehen, nichst verschönen, nichts verdrängen. Dann aber sollte man sie verbrennen und nicht einbalsamieren.

54

Das Gefährlichste auf dieser Welt ist moralisierende Enttäuschung.

55

Man kann Leid nicht wegreden, das ist wahr – aber wegtrösten.

56

Die entscheidendsten Augenblicke des Lebens sind nicht immer die glücklichsten.

57

Wenn wir endlich das Leben begreifen, benötigen wir meist das Begreifen so wenig wie der Ertrunkene eine Schwimmweste.

58

Die meisten Wahrheiten sind traurige Wahrheiten.

59

Ja, das Leben ist zu einem Zehntel so schön, wie man es sich finanziell leisten kann, und zu neun Zehntel so, wie man es erlebt.

60

Da bereitest du dich vor, aber entscheidend über Sieg und Niederlage wird etwas sein, worauf du dich nicht vorbereitet hast.

61

Wir stellen uns darum immer die Dinge so ganz anders vor, weil wir bei unseren Vorstellungen vergessen, wie sehr alles von Kleinigkeiten abhängt.

62

Das Kind kann vieles noch nicht, der Erwachsene vieles nicht mehr verstehen.

63

Alt werden wollen alle, niemand alt sein.

64

Älter werden heißt, die alten Erlebnisse in neuem Licht zu sehen.

65

Ja, mit dem Leben nach dem Tode haben wir alle fast so viel Lebenserfahrung wie ein Säugling mit dem Leben vor dem Tode.

66

Das Leben – ein begonnener Tod.

67

TOD, dich überwindet keiner. (Versuch doch mal, eine Drehtür zuzuschlagen!)

68

Das Wissen um den Tod ist das lebendigste Lebenserlebnis.

69

Wer den Tod völlig verstünde, der wäre immer heiter und voller Lebensfreude.

70

Warum sind fast alle Naturvölker von der Angst besessen, die Toten seien nicht völlig tot?

71

Endgültig getrennt werden die Menschen nur durch das Leben, nicht durch den Tod.

72

Ja, niemand von den alten Bekannten lebt mehr, nicht einmal dann, wenn ich mit ihnen Geburtstag feiere.

73

Wer nicht mehr wählen kann, der wählt den Tod.

74

Nachher ist alles erklärbar, vorher nichts.

75

SCHICKSAL wäre eine Gewißheit in dieser Welt der Selbstwidersprüche.

76

Entweder ist im Leben nichts Zufall – oder alles.

77

Des Menschen Schicksal hängt nicht von den Sternen ab, dagegen hängt das Schicksal der Sterne mehr und mehr vom Menschen ab, seit Menschen den Mond betreten haben.

78

Das Schicksal kommt und geht, wie es will, nicht wie du es gerufen hast.

79

Wer zwingen will das Schicksal, den wird es selber zwingen.

80

Da warten sie nun, warten, aber das Schicksal findet nicht statt.

81

Was genau wir erlebt haben, das wissen wir immer erst später, manchmal Jahre später, wenn wir mit unserer Entwicklung die Erlebnisse eingeholt haben.

82

DER SINN DES LEBENS wird zu oft erfunden und zu wenig entdeckt.

83

Der Sinn des Lebens liegt darin, daß wir glücklich werden, daß wir reifen, daß wir ins Unglück geraten, um Einsicht und Erfahrungen zu gewinnen, daß wir bereuen, daß wir sterben, daß wir uns rechtfertigen, daß wir schuldig werden, daß wir uns verändern – daß wir uns solche behaglichen Sätze abgewöhnen. Denn sie sind Vor-Urteile, die uns zu ewigen Schuldgefühlen verurteilen!

84

Der Sinn des Lebens ist das Leben selbst, diese Stunde jetzt, voll und ganz gelebt.

85

Der Mensch, der seinem Leben einen Sinn zu geben vermag, der hat alles andere wie – Heiterkeit, Kraft, Dankbarkeit, Liebe, Verstehen.

86

Es gibt nie Sinnlosigkeit, immer nur Nichtverstehen.

87

DER, DER ICH BIN, bin ich. Der, der ich sein will, bin ich. Der, der ich nie sein durfte, bin ich. Der, der ich in meinen Wunsch- und Angstträumen bin, bin ich.

88

Wer sein Warum kennt, der erträgt jedes Wie.

89

Der hat es in meinen Augen am weitesten gebracht, der es zu sich selbst gebracht hat.

90

Der größte und der seltenste Mut – der Mut zu sich selbst.

91

Schwer: du selber zu werden.
Schwerer: du selber zu sein.
Am schwersten: du selber zu bleiben.

92

Ja, es ist sehr schwer, mein Freund zu werden und noch viel schwerer, es zu bleiben.

93

Die höchste Form des Wissens ist das Wissen um sich selbst.

94

Das Wissen muß zuerst dich selbst verändern, ehe du selbst andere zu ändern vermagst durch dein Wissen.

95

Wo alles möglich ist, bin ich's womöglich auch.

96

Sein wollen, der man sein soll?

97

Bewußt jemand zu werden und zu sein und zu bleiben, von dem es heißt: „er ist nichts geworden“, das wäre doch was. Oder?

98

Manchmal bin ich das Gegenteil von mir selbst.

99

Willst du wissen, wer du bist? Nimm einen Kugelschreiber und ein Stück Papier zur Hand und schreib‘: 1. Was ich sehr gerne tun würde, und – was ich keinesfalls tun würde. 2. Wo ich mich sehr wohl fühlen würde, und – wo ich nicht leben könnte. 3. Folgende drei Schriftsteller haben mich tief erschüttert, die anderen drei mir geistige Übelkeit (oder seelischen Brechreiz) verursacht. 4. Hat das Leben einen Sinn oder nicht? 5. Würde ich noch einmal von vorne anfangen können? 6. Ist Gott katholisch? 7. Hast du oft das Gefühl, etwas zu versäumen? 8. Hast du eine Sterbeversicherung abgeschlossen? 9. Nenne deine Festtage. 10. Flößt dir der Tod Angst ein?

100

Tage der Verzweiflung – Festtage der Entwicklung.

101

Warum wird die Selbst-Werdung mehr erlitten als freudig erlebt?

102

Möchtest du wirklich wissen, wer du bist? Dann passe dich in den Erinnerungen ab, die du lieber nicht hättest.

103

Unsere Sehnsüchte erinnern uns am meisten an uns.

104

Je mehr du ganz genau weißt, was du bestimmt nicht willst, desto mehr weißt du und willst du von dir.

105

Eingestandene Fehler sind lehrreicher als uneingestandene.

106

Unser Glück ist: jeder Gedanke, den wir annehmen, der verändert uns, und dies, ob wir wollen oder nicht. Und eines Tages spüren wir neue Fähigkeiten, spüren, daß sich etwas überlebt und unwiderruflich verändert hat.

107

Nur der ist verloren, der nein zu sich selbst sagt.

108

Das ganze Leben eines Menschen, von der größten bis zur kleinsten Tat, ist von seinem unbewußten Wissen um sich selbst bestimmt.

109

Die Welt kannst du täuschen, die ganze Welt, dich selbst inbegriffen, nur dein Unbewußtes nicht, nie.

110

Geliebten Menschen vertrauen, aber nur dem Selbsterlebten trauen.

111

Ja, ich bin gerne bei uns, aber manchmal auch gerne nur bei Dir oder nur bei mir.

112

Die meisten von uns wissen nicht so recht, was sie glauben sollen und glauben nicht, was sie wissen.

113

Wer verachten muß, um sich achten zu können, wird am Ende sich selbst verachten müssen, um jemanden achten zu können.

114

Je mehr einer von sich selber hat, desto weniger können andere ihm schaden oder nützen.

115

Der Kampf gegen Gemeinheiten und Bosheiten hat keinen Sinn, wenn man (ich) ihn nicht in sich selber führt.

116

Je idealer das Idealbild ist, das ein Mensch von sich hat, desto mehr Verdrängungen, Verleugnungen und Lügen sind erforderlich, um es zu erhalten und zu reparieren.

117

So sehr sich die Psychologen auch in ihren Theorien unterscheiden (wollen), in der einen sind sich alle einig: Dem Unbewußten ist nur durch Überredung beizukommen. Durch unermüdliche Wiederholungen kann man ihm alles aus- und einreden. (Coué, Pawlow, J. H. Schultz, Freud, Jung, S. J. Warner, D. Carnegie, K. Horney, Selye, Le Cron und alle anderen.)

118

Wir vergessen zu oft, daß wir nichts vergessen im Unbewußten.

119

Sehnsüchte entstammen sicher unerfüllten Bedürfnissen, und die Sehnsucht ist leider auch dann echt, wenn die Bedürfnisse nicht echt sind.

120

Das Gefühl, reich oder arm zu sein, bemißt sich allein nach den Bedürfnissen.

121

Es gibt kein Glück, zum Glück, wenn die wahren Bedürfnisse dabei hungern müssen.

122

Körper und Seele lassen sich nicht trennen, ohne daß beide zerstört werden.

123

Nirgends bist du wirklich gewesen, wenn die Wünsche dich woanders hinzogen.

124

Wenn die Erfüllung eines Wunsches vollkommener ist als die Erwartung, erleiden wir das Glück mehr, als daß wir es genießen.

125

Die Erfüllung eines großen Wunsches ist zugleich immer ein großer Verlust.

126

Was man, wenn man es weiß, lieber nicht wissen will.

127

Gefühle verjähren nicht.

128

Auch und gerade die Gefühle sind anerzogen.

129

DAS GLÜCK gibt es nicht, wohl aber glückliche Menschen.

130

Um Glück zu haben, muß der Mensch vor allem Glück haben.

131

Diese Jagd nach dem Glück ist eine Jagd nach einem Wild, das es gar nicht gibt. Manchmal erschießen die Jäger sich gegenseitig oder die Treiber dabei.

132

Glück: dies warme Gefühl von Glück und zugleich die schwarze kalte Angst, nicht würdig dafür zu sein, es zu verlieren.

133

Wir Menschen begehren so sehr das Glück, daß wir von ihm verlassen werden, ohne es erkannt zu haben.

134

Was ist denn Glück anderes als der Glaube, alles zu haben, was man sich wünschte?

135

Für viele Menschen ist es ein großes Glück, daß sie das Glück, das sie suchen, nicht finden.

136

Niemand verlangt nach Wasser, wenn er ertrinkt. Niemand verlangt Glück, wenn er es hat – oder?

137

So viel Glück haben, daß einem das Glück selbstverständlich und gleichgültig wird: Unglück.

138

Vom Glück zum Unglück ist es oft nur eine Vorsilbe.

139

LIEBE erwarte nur vom einzelnen.

140

Wo viel Liebe ist, da ist viel Glück.

141

Nur dem Leben und der Liebe ist nichts vergleichbar.

142

Nicht mit der Geburt beginnt der Mensch, sondern mit der Liebe.

143

Vielleicht ist das Ich nur eine Vorstufe des Du. (Ehe wir ich sagen lernten, lernten wir du sagen.)

144

Die Liebe ist ein Geschenk für mindestens zwei Menschen.

145

Entweder ist die zweite Liebe keine Liebe oder die erste war keine.

146

Das wirklich Mitteilenswerte in Liebesbriefen ließe sich mit den drei Worten: „Ich liebe Dich“ sagen. Der mehrseitige Rest besteht immer nur aus Variationen dieser drei Worte.

147

Eine Liebe, die viele Gründe braucht, ist eine ärmliche Liebe.

148

Wir würden die Liebe viel besser begreifen, wenn wir sie nicht ganz genau begreifen wollten.

149

Von allen sexuellen Perversionen ist die Keuschheit die perverseste.

150

Die Prostitution ist eine Blüte der Moral.

151

Diese bittere Seligkeit eines Verzichtes auf Lust um des Glückes anderen willen, damit sein Leben keinen Sprung bekommt.

152

Haß ist enttäuschte Liebe.

153

So groß ist der Haß, wie die Hassenden schwach sind.

154

DER MENSCH wäre allen überlegen, der Sinn für das Unmögliche im Rahmen des Möglichen hätte.

155

Das Interessanteste zwischen Himmel und Erde ist ein interessanter Mensch.

156

Na ja, mit den Menschen ist es doch so wie mit den Fischen: es gibt solche, die allein in der Tiefe, andere, die nur an der Oberfläche des Meeres (Lebens) leben können.

157

Die besten Menschen liegen in der Regel nicht unter den besten Grabsteinen.

158

Ein Mensch muß schon manches von Schmetterlingen wissen, um zu wissen, in welchen Raupen nun wirklich ein Schmetterling steckt.

159

Nicht jede Liebe entsteht auf dieselbe Weise, aber jeder Mensch.

160

Ja, sehr viele Mörder sehen tatsächlich aus wie Menschen – aber wie denn sonst sollten sie aussehen!

161

Auch die schönsten Schmetterlinge fangen als Raupen an – nur scheinen sie selbst nichts davon zu wissen, sonst würden sie Raupenfresser sein.

162

Zu oft verwechseln wir das, was ein Mensch an Geheimnissen vor uns verbirgt, mit dem, was er verzweifelt vor sich selbst verbergen muß, um lebensfähig zu bleiben.

163

Die Würde, die jeder Mensch ausstrahlt, auch der einfachste, dem es um die Sache geht und nicht um den Eindruck.

164

Hör nicht so sehr darauf, was einer sagt, sondern wie er was sagt! Daran kannst du hören, was er dir verschweigt.

165

Immer noch und immer wieder ist der Mensch dem Menschen d a s Wunder, aller Wunder wunderbarstes Wunder.

166

Verstehenwollen sollte die bevorzugte geistige Haltung Menschen gegenüber sein, und dies unterschiedslos.

167

Ein Mensch verzeiht so viel, wie er verstehen kann.

168

Nur ganz selten sind die Menschen aus Güte gut – und aus Schlechtigkeit schlecht.

169

Schlechte Freunde taugen am besten zu guten Feinden.

170

Schwerer, aber wichtiger Satz: An jedem Menschen gibt es mehr zu achten als zu verachten.

171

Jeder Mensch ist auch das Resultat seiner Erlebnisse, besonders derjenigen, die er nicht erlebt hat, aber sich ersehnte oder erfürchtete.

172

Solange der Mensch lebt, hofft er. Solange der Mensch hofft, lebt er – hofft er.

173

Viel, viel mehr als sich selbst achten, möchte der Mensch sich selbst genießen können.

174

Der Unzufriedene bestiehlt sich selbst.

175

Jeder Mensch möchte „jemand“ sein – er selbst, irrt er, wäre er sowieso.

176

Ja, die meisten Menschen wären gerne welche.

177

Nur in dem, wo einer sich unsicher fühlt und schwach, sieht er sich ständig genötigt, zu beweisen, daß er es nicht ist.

178

Das Wesen eines Menschen drückt sich mehr in seinen Fragen als in seinen Antworten aus.

179

Jeder Mensch, der eine Absicht hat, dient dreien, die er nicht hatte.

180

Gespenster, Polizisten und schöne Frauen verlassen sich ganz auf ihre Erscheinung.

181

Wohl die meisten Heuchler des Guten enden damit, daß sie eines schönen Tages genau die Eigenschaften haben, die sie heuchelten.

182

Kunsthändler und Juweliere sind Leute, die von allem den Preis und von nichts den wahren Wert wissen.

183

Der Gesellschaftsmensch, die Partytiger, sie kultivieren den Schein ohne Sein.

184

Sehr viele Theaterbesucher gehen nicht des Stückes wegen ins Theater, wie naiverweise die Autoren glauben, sondern wegen der Pausen: des Theaters im Theater.

185

Für Vögel sind nicht nur die Vogelscheuchen Vogelscheuchen.

186

Ein Mensch ist in der Regel genau so dumm, wie er meint, daß er sich nur dumm stellte.

187

Dummköpfe wollen immer gerade das, was sie nicht haben können. Große Dummköpfe bekommen es auch.

188

Die Dummen haben es auch darum besser als die Klugen, weil sie sich nicht andauernd dumm zu stellen brauchen.

189

Ich kenne sehr viele Leute, die Schulden machen, um ihre Schulden zu bezahlen.

190

In der Steinzeit waren alle Menschen Analphabeten, ohne doch alle gleich dumm zu sein.

191

Je länger und genauer ich die Menschen in ihren Lebensgewohnheiten beobachte, je mehr scheint mir, daß sie nur eines anstreben: eine kleine, bescheidene, aber eigene Hölle, in der sie ungestraft Teufel sein dürfen.

192

Mehr als alles andere möchten die Menschen in ihren Gewohnheiten verharren. Das zu wissen, löste mir viele Rätsel und Geheimnisse.

193

Menschenfresser richten weniger Schaden an als gefräßige Menschen.

194

Was wie Menschenfreundlichkeit aussieht, ist meistens nichts als Angst vor dem Alleinsein.

195

Je höher ein Mensch sich entwickelt, desto gefährdeter ist die Einheit und Harmonie seines Ichs.

196

Der hochentwicklete Mensch sucht die Einsamkeit, weil es ihm leichter fällt, sich selbst zu ertragen als andere. Der Mittelmäßige sucht die Geselligkeit, weil es ihm leichter fällt, andere zu ertragen als sich selbst.

197

Es gibt nur relative Reife- und Entwicklungsstufen, so wie es Grenzenlosigkeit und Vollendung nur in der Sicht des Begrenzten und des Unvoliendeten gibt.

198

DER NEUROTIKER handelt immer entgegen aller Erfahrung – darum siegt er manchmal, entgegen aller Erwartung.

199

Der Neurotiker mißt immer am Unerreichbaren – und erreicht so manchmal das Unerreichbare.

200

Der Neurotiker fordert immer mehr, viel mehr, als es je geben kann – aber er tut auch immer mehr, viel mehr, damit es das geben kann, was es noch nie gab – er das geben kann, was noch niemand gab.

201

Der Neurotiker schafft sich infolge seiner neurotischen Struktur gut neunzig Prozent seiner Konflikte und Schicksalsschläge – aber: er schafft sie sich nicht selbst, denn er ist in ähnlicher Weise an seinen Konflikten selbst beteiligt wie eine Eisenbahnschiene am Wege der Züge.

202

Kommt zum Egoismus eine Situation, die ihn verbietet, ist die Neurose sicher.

203

Sich verbeugen und sich anspucken – mögen die äußersten Gegensätze sein, sich zu grüßen.

204

Die demokratischen Gesetze sind die Naturgesetze. Vor der Schwerkraft sind alle Menschen gleich. (Die Menschen wollen aber nicht alle gleich sein, darum fliegen so viele erster Klasse, um sich erstklassig vorzukommen, zweitklassig, wie sie sind.)

205

Warum ist eigentlich immer nur von den armen Teufeln die Rede und nicht von den reichen Teufeln?

206

Viele Männer, die gewohnt sind, am Tage über Leichen zu gehen, gehen nachts auf Strümpfen über die Türschwellen ihrer Wohnungen, aus Angst, ihre Frauen könnten wach werden.

207

„Die Tuaregs sind groß, schlank und schmalschädelig. Die Araregs sind klein, dick und dickschädelig. Beide sind vollkommen ungefährlich, wenn man sie nicht reizt." Solche Sätze würde ich gerne bei Völkerkundlern lesen.

208

Nein, die Menschen sind nicht konsequent – aber darin sind sie konsequent. Konsequenz?

209

Nie nie sagen.

210

Worüber sich schweigen läßt, darüber läßt sich auch reden – und umgekehrt.

211

Anders als die kleinen Redner wissen die großen Redner, wo sie Pausen machen müssen.

212

Früher dachte ich: Schweig! Was du nicht gesagt hast, kann nicht mißverstanden werden. Jetzt sehe ich, daß Schweigen noch besser mißverstanden werden kann. Schweigen ist Eisen.

213

Worüber du nicht sprechen kannst, darüber lerne zu schweigen.

214

„DIE WAHRHEIT und nichts als die Wahrheit!" – ist eine von jenen sieben Lügen, ohne die der Mensch nicht leben kann.

215

Die Aufrichtigkeit ist in der Literatur, aber auch in Liebesbriefen und in den Geständnissen ein zentrales Thema. Und fast immer wird sie mit der Wahrheit verwechselt.

216

Wahrheitsliebende Menschen und tiefe, echte Gefühle sind zu aufrichtig, um moralisch zu sein.

217

Wer die Aufrichtigkeit zum Freund hat, der bekommt viele Menschen zum Feind.

218

Ich glaube, er glaubt, daß ich ihm seine Lügen glaube. Er glaubt, glaube ich, ich glaube ihm. (Aber ich glaube ihm nicht, weil ich nämlich die Wahrheit weiß, oder was ich so für die Wahrheit halte.)

219

Wahrheiten und Lügen müssen letzten Endes einander doch sehr ähnlich sein, sonst wären sie nicht so leicht zu verwechseln.

220

Die ganz klugen Lügner täuschen mit der Wahrheit.

221

DIE LÜGE ist kein Zweck, sondern ein Mittel.

222

Sagt der chronische Lügner „ich lüge" – lügt er?

223

Wer lügt, der weiß wenigstens die Wahrheit.

224

Es wird weitaus mehr gelogen durch das, was verschwiegen, als durch das, was gesagt wird.

225

Lügen, oft genug wiederholt, werden solide Wahrheiten.

226

Lügen, die älter als hundert Jahre werden, nennen wir Legenden.

227

Anders als die Lüge, gehört die Wahrheit allen.

228

Mit wieviel Lügen ist der Weg zur letzten großen Wahrheit gepflastert?

229

Wahrheiten, die wir uns nicht leisten können, bekämpfen wir.

230

Wer lügt, der wollte eigentlich eine Wahrheit über sich selbst sagen.

231

Eine nützliche Lüge wird lieber geglaubt als eine unnütze Wahrheit.

232

Nein, es gibt keine objektiven Ereignisse, weil es immer mehrere Lügen und mehrere Wahrheiten über ein und dasselbe gibt.

233

Wohl alle Menschen lieben sich selbst mehr als die Wahrheit.

234

Erkenntnis führt nicht zur Erlösung, sondern ist sie.

235

Die Aussicht, eine Einsicht tagtäglich zu leben, ist je kleiner, um so großartiger die Einsicht ist.

236

Zwei tiefe Einsichten hat jeder Mensch – die erste: er sieht ein, daß es so nicht weiter geht, die zweite: er sieht ein, daß er sich nicht ändern kann.

237

Die höchsten Einsichten kommen nur aus den tiefsten Gefühlen.

238

Mit jeder neuen Einsicht ist eine neue Möglichkeit der Freiheit gewonnen.

239

FREIHEIT besteht nur ganz am Anfang, weil noch nichts begonnen hat.

240

Wenn ein Mensch sagt: „Ich bin frei!“ – wird er immer Schwierigkeiten haben, das auch zu beweisen.

241

Ja, die Freiheit, die Freiheit innerhalb und die Unfreiheit außerhalb des Menschen.

242

Die meisten Menschen verwechseln den Zustand der Entscheidungslosigkeit mit der Freiheit. Dabei beginnt die Freiheit nach der Entscheidung.

243

Jedes Bedürfnis verringert die Freiheit.

244

Es ist schwer, ganz genau zu sagen, was man will, und noch schwerer, zu wollen, was man gesagt hat.

245

Wer nur seiner Vernunft traut, der ist sicher unvernünftig.

246

Auch in der Psychologie stimmen nur die Theorien, die man nicht zu leben sucht.

247

Warum rühren Theorien nie zu Tränen?

248

Wer anstrebt, sich bei und in allem von der reinen Vernunft leiten zu lassen, wird notwendig, zwangsmäßig bald sehr unvernünftige Handlungen begehen!

249

Je weniger Verstand jemand hat, desto weniger vermißt er ihn.

250

DENKEN ist Andenken.

251

Der Durchschnittsmensch denkt nur, wenn es gar nicht mehr anders geht.

252

Wer gut von sich denkt, ist vielleicht nicht ein schlechter Mensch, sicher aber ein schlechter Denker.

253

Kleine Geister: große Irrtümer.

254

Aus Druckfehlern entstehen manchmal Denkfehler. Leider läßt sich der Satz nicht umkehren.

255

Ich fordere Gedankenstriche, bei denen sich was denken läßt.

256

Was ich denken kann, könnte ich auch tun. Was ich tue, kann ich nicht immer denken.

257

Man kann sich vorzüglich mit Gedanken übers Leben ums Leben betrügen.

258

Wer denkt, er könne durch Denken leben lernen, hat nicht einmal Denken gelernt.

259

Gedanken, die nicht eigene Erfahrungen einschließen, sind wie Weihnachtsbaumsterne.

260

Um fremde Gedanken zu begreifen, muß man eigene haben.

261

Es ist da kein Unterschied, ob ich einen richtigen Gedanken falsch oder einen falschen richtig verstehe.

262

Neue Gedanken sind darum nie nur einzelne Splitter, weil sie einer neuen Denkweise entspringen. Aus alten Denkgewohnheiten kann kein neuer Gedanke kommen.

263

Weil das Denken mit dem Zweifel begann, darum ist der erste Denker sicher mit einer Keule oder einem Stein erschlagen worden.

264

Der Mensch, der das Wort undenkbar prägte, was mag er sich wohl dabei gedacht haben?

265

Ja, es gibt Blitze, Geistesblitze, die so hell sind, daß wir schnell die Augen schließen.

266

Innerhalb einer Situation, an der ich subjektiv beteiligt bin, gibt es keinen Standpunkt, sie objektiv zu betrachten, so als wäre ich nicht beteiligt.

267

Auf die Perspektive kommt es an: das Große wird klein neben dem Größeren, das Kleine groß neben Kleinerem, der Alte jung neben Älteren, der Junge alt neben Jüngeren.

268

Jeder Fortschritt benötigt einen Standpunkt.

269

Wer konsequent mit dem Mikroskop Berge und mit dem Fernrohr Bakterien suchte, fände sicher auch viel Bedeutendes und Interessantes zu berichten.

270

Der Mensch ist unfähig anders als p r o j i z i e r e n d zu denken und zu fühlen.

271

Im Mittelalter nannte man die Projektionen Gespenster. Heute nennt man die Gespenster Projektionen.

272

Wenn wir nicht alle selbst so egoistisch wären, würden wir uns nicht so heftig über den Egoismus anderer erregen.

273

Kein Balken ist so solide wie der im eigenen Auge.

274

Hunde lieben eigentlich den Idealhund in jedem Menschen, so wie die Menschen in ihren Hunden menschliche Ideale lieben: die bedingungslose Treue, die chronische, schwanzwedelnde Freude am Mitmenschen, den unerschöpflichen Appetit auf Fressen und die aggressive Lust, Eigentum zu bewachen und zu verteidigen. (Es soll ja selbst für Menschen Menschen geben, die etwas Hündisches an sich haben. Ob es wohl für Hunde Hunde gibt, die etwas Menschliches an sich haben?)

275

Vollkommene Menschen gibt es nicht – nur vollkommene Schauspieler, die den vollkommenen Menschen so vollkommen, lebensecht spielen, daß mitunter schlagartig aus dem Spiel für alle Ernst wird.

276

DIE WIRKLICHKEIT spiegelt unsere Träume wieder – auch unsere Alpträume.

277

Die Phantasie ist für mich der einzige Zugang zur Wirklichkeit.

278

Alles Sichtbare verbirgt andere sichtbare Dinge.

279

Wie gespensterhaft und unwirklich alles wirkt, was wir nicht selbst miterlebt haben. Die goldenen Zwanziger Jahre sind nicht weniger gespensterhaft als der Dreißigjährige Krieg.

280

So vieles ist, was besser nicht wäre. So weniges ist, was nicht besser sein könnte.

281

Aus allem läßt sich immer das Beste machen und – das Schlechteste.

282

Vor lauter Masken, die wir tragen, verlieren wir unsere Gesichter – aus den Augen, aus dem Sinn.

283

Es gibt eindeutige Zweideutigkeiten und vieldeutige Eindeutigkeiten.

284

Jedes Ereignis bekommt seine Bedeutung von unserer Be-Deutung.

285

Jede Wirklichkeit hat immer etwas Zufälliges an sich.

286

ZEIT ist Geld? Versuch doch mal, Geld in Zeit umzuwechseln!

287

Immer erinnern wir uns nicht nur daran, was war, sondern auch daran, was nicht war und doch hätte sein können oder sein müssen.

288

Dieser ewige, quälende Widerspruch zwischen dem, was ist, und dem, was sein könnte.

289

Zweimal lesen: „Was nicht ist, das kann noch werden. Was war, das ist für immer gewesen."

290

Dieser Tag ist eine Erfahrung, die sich nie mehr wiederholt.

291

Große Zeitdiebe stehlen einem in einer Viertelstunde 24 Stunden Zeit.

292

Viele würden weniger Zeit verlieren, fürchteten sie nicht immer, viel Zeit zu verlieren.

293

Sekundenzeiger auf Kirchturmuhren wären schöne Fenster der Ewigkeit.

294

Geld kann man fälschen, Zeit nicht.

295
Danach gibt es kein Davor mehr.

296
Wem die Zeit vergeht, versteht, daß immer viel mehr vergeht als nur die Zeit.

297
In uns allen, an uns allen, ist dies Gesetz der dauernden Umwandlung fühlbar und sichtbar. Und darum wollen wir alle so verzweifelt das Vertraute, Endgültige, Bleibende – vorläufig und hinfällig wir wir sind, alle.

298
Jeder Satz, der in die Zukunft greift, sollte mit einem Fragezeichen enden.

299
Im Alter führen die Zukunftsträume in die Vergangenheit zurück.

300

Die Vergangenheit? – ist ein Stück Lebensrekonstruktion, aber schon von der anderen Seite her: wir wissen, daß wir dies alles nie mehr so erleben werden, so nicht.

301

Was war – ist.

302

In unseren Erinnerungen ist mehr Gegenwart und Zukunft als Vergangenheit.

303

Die Vergangenheit ist die Vorratskammer für die Zukunft.

304

Auch du kannst deine Zukunft nicht haben ohne deine Vergangenheit.

305

Ein Mensch hat viele Erinnerungen, viele Wünsche, aber nur eine einzige Gegenwart.

306

Je weniger jemand von der Gegenwart bekommt, desto mehr erwartet er von der Zukunft.

307

Jeder Mensch ist die Wirkung längst vergessener Ursachen.

308

Die unheilige Dreizeitigkeit des menschlichen Lebens, wobei Vergangenheit und Zukunft auch noch gleichzeitig die Gegenwart teilen und bilden.

309

Ja, so ist nun mal der Mensch vor allem: der Mensch ist nicht logisch, sondern vor allem lebendig.

Lieber Leser,

für mich ist Schreiben ein Gespräch mit dem Leser. In dem Sinne hoffe ich, wir hatten bis jetzt ein gutes Gespräch. Natürlich werden sich bei Ihnen während unseres Gesprächs Einwände, Zustimmungen und Gedanken zu meinen Gedanken eingestellt haben. Ich wäre Ihnen dankbar, ließen Sie mich Ihre Gedanken wissen. Sie werden von mir hören.

Mit freundlichen Grüßen

Werner Sprenger
Mercystraße 31
7800 Freiburg

Ich weiß, daß ich nichts weiß – wer könnte das von sich sagen?
Dieser die Jahrtausende der Dummheit überwindende Satz eines großen, offiziellen Wissers kommt aus jenem lebendigen Wissen, das ALLES einschließt. Es ist ein Satz, den ich liebe wie keinen anderen, denn wieviel Wissen setzt dieses Nichtwissen voraus. Wer weiß, daß er nichts weiß, weiß mehr, als er weiß – oder?
Ja, ich weiß, in der Regel besteht ein Unterschied zwischen dem, was ein Schriftsteller geschrieben hat, und dem, was die Leser sich herauslesen. Wie kommt das? Warum versteht jeder Leser den gleichen Text anders, dieselbe Weise auf seine Weise?
Um diesen Text so zu verstehen, wie ich ihn verstanden wissen will, müßte der Leser mit mir identisch sein und von der Geburt bis heute mein Leben gelebt, in meiner Haut gesteckt haben. Kurzum, wenn ich in den Spiegel sehe, müßte ich meinen Leser sehen.
Diesen Leser, lieber Leser, diesen Leser gibt es natürlich nicht, zum Glück nicht, denn ich sehe im unterschiedlichen Verstehen die Fruchtbarkeit eines Gespräches, eines Gedankenaustausches.
Ich habe die erstaunliche Erfahrung gemacht, daß sehr viel für mich davon ab-

hängt, wer zu mir etwas sagt. Dieselben Sätze bekommen durch die verschiedenen Menschen eine verschiedene Bedeutung. Wenn ein Polizist Ordnung sagt, weiß ich, daß er Unterordnung meint. Wenn ein Gefängniswärter Freiheit sagt, weiß ich, daß er nicht weiß, was er sagt. Wenn ein zu Lebenslänglich verurteilter Mensch Freiheit sagt, weiß ich, daß ich seine Freiheit nicht lebe.

Ich schreibe Aphorismen, weil bei ihnen die Wahrscheinlichkeit des Verstehens größer ist als bei langen Texten. Hin und wieder, dies ist meine Hoffnung, wird ein Satz Ihnen dasselbe bedeuten wie mir. Was bedeutet das? Irgendwann einmal müssen wir eine gemeinsame Erfahrung gemacht haben, die diesem Satz und unserem Verstehen zugrunde liegt.

Verstehen, wie ich es verstehe, setzt ein Mindestmaß an gemeinsamer Lebenserfahrung voraus. Werden die Sätze, die wir untereinander wechseln, nicht durch ein Mindestmaß gemeinsamer Lebenserfahrungen gedeckt, können wir uns nicht verstehen und merken schnell, daß wir nicht dasselbe unter Freiheit, Ordnung, Arbeitslosigkeit, Glück, Lebenssinn und Liebe verstehen. Wir reden, schreiben, lesen und hören aneinander vorbei, weil jeder etwas anderes im Sinn hat, wenn er diese Worte ausspricht.

Ja, das sind so die Schwierigkeiten beim Schreiben und Lesen, Hören und Sprechen: gute Schwierigkeiten, denn sie geben uns die Möglichkeit zu verstehen, wie Worte und Sätze entstehen und wachsen und wie die alten Worte immer neue Bedeutungen bekommen, je länger wir leben, je mehr wir erleben, je mehr Leid und Glück und Angst und Hilflosigkeit.
Nicht die Worte vermitteln das Leben – und schon gar nicht die herkömmlichen, dickbändigen, pausbäckigen Wortopern! –, sondern das Leben, unsere Erfahrungen mit Menschen und mit uns selbst vermitteln uns das tiefe Verständnis der Worte und der Sätze.
Niemand kann einen Liebenden oder einen Hungernden verstehen, der nicht selbst geliebt hat, der nicht selbst hungrig war. Jede noch so genaue und unter Philosophen und Psychologen so beliebte Definition des Glücks, der Verzweiflung, der Liebe bleibt leer und unverbindlich, solange wir nicht selbst Verzweifelte oder Liebende waren.
Kurz und sehr gut: Worte bleiben Papier, Papier, solange wir nicht erlebt haben, was sie meinen. Worte bleiben angewiesen auf unser Leben. Worte bleiben angewiesen auf unser Verstehen.
Meine Worte bleiben angewiesen auf Ihr Verstehen – verstehen Sie mich?

310

GESPRÄCHE mit fremden Menschen und ich weiß nach den ersten Minuten, ob sie mir immer fremd bleiben werden. Und die Beobachtung, wie sie mir immer fremder werden, je länger wir sprechen – bis es dann nichts mehr zu sprechen, nur noch zu schweigen gibt.

311

Gespräche mit Fremden und ganz plötzlich das Gefühl, sehr klar, sehr stark: wir kennen uns schon Jahre.

312

Gespräche mit Fremden und die plötzliche Wahrnehmung, daß jeder von uns über etwas ganz anderes redet, obgleich betont nur von nahen und nächsten Ereignissen gesprochen wird. Aber die ähnlichen Ereignisse werden sich immer unähnlicher, je länger wir sprechen – als ob wir in verschiedenen Welten lebten.

313

Spreche ich mit einem fremden Menschen, beobachte ich bei mir die gleiche höchste Erwartung wie beim Aufschlagen eines neuen Buches, nur ist diese Erwartung beharrlicher. (Bei einem Buch weiß ich nach den ersten drei Seiten, mit wem ich es zu tun habe.)

314

Gespräch mit O. S. Wir schweigen viel, wissen uns nichts mehr zu sagen, weil wir zuviel voneinander wissen. Und wir sprechen immer nur von anderen, um ja nicht etwa von uns selbst sprechen zu müssen. Und wenn ich doch einmal zu ihm ganz persönlich oder von mir persönlich sprechen will, erfinde ich ein Gespräch mit einem Fremden, den ich auch erfunden habe.

315

B. G. sagte einmal: „Aus mir ist nichts geworden." (Wie leicht werden gerade die Besten in unserer Gesellschaft Menschen, aus denen nichts geworden ist.)

316

Beobachtung: An R. K. ist auch wirklich alles verlogen – sogar seine tränennasse Sehnsucht nach der reinen Wahrheit.

317

Beobachtung wie Menschen, die zum ersten Male zusammentreffen, sich gewaltig anstrengen, genau der Vorstellung zu entsprechen, die jeder von sich selbst hat.

318

Wie oft sich die Stimme eines Menschen ändert innerhalb eines einzigen Gesprächs: kalt, warm, schneidend, eisig, hell, dunkel, schrill, ruhig, erregt, tonlos.

319

Viele Menschen wiederholen nur ihre Vorurteile und die Geschichten, statt zu sprechen. Sie reden tatsächlich immer dasselbe, geben immer dieselben Antworten, stellen sogar auch immer dieselben Fragen.

320

Es ist sehr lehrreich, achtet man bewußt auf das pathetische Mißverhältnis zwischen Ton und Worte. Wie Menschen „Guten Tag" zueinander sagen oder „Alles Gute".

321

Die Konversation ist darum so beliebt, weil sie dem Menschen natürlich ist —: das, worauf es ankommt wird nie erwähnt.

322

Konversationsregel Nummer eins: Lüg, lob — oder halt den Mund und lächle zustimmend.

323

Die heruntergekommenste und unmenschlichste Art des Gesprächs: das Verhör.

324

Manche Menschen sind ganz ausgehungert nach Wundern, die ihre Analytiker vollbringen sollen an ihnen. Im analytischen Gespräch schmeckt ihnen das Leben voll wie gutes würziges Brot.

325

Jene besonders trost- und hoffnungslosen Gespräche, in denen alle ganz schnell auf die Menschheit zu sprechen kommen, um ja nicht von sich sprechen zu müssen.

326

„Sehr geehrter Herr . . .“, „Mit vorzüglicher Hochachtung . . .“, „Ihr ergebener . . .“, was sollen eigentlich diese leeren, ausgeleierten Schriftverkehrsformeln, die wir mitschleppen und verwenden, obwohl wir doch alle wissen, daß sie nichts sagen! (Je älter ich werde, desto empfindlicher werde ich gegen diese Phrasen.)

327

Gespräche unter vier Augen, Gespräche von Mensch zu Mensch, Gespräche von Herz zu Herz, von Leben zu Leben.

328

Der gute Ton in der Gesellschaft verlangt vor allem den lächelnden Gebrauch von nichtssagenden Phrasen.

329

Fragen werden in der Regel beantwortet, ehe sie verstanden worden sind.

330

Lernen, geduldig zuzuhören, zuzuhören, ohne an die Antwort zu denken, zuzuhören, bis der andere zu reden aufgehört hat und plötzlich nichts mehr da ist als eine gute gedankenvolle Stille und wie eine Sonne darin, dies warme Gefühl des Verstehens. Nur dann unterbricht die Antwort das Gespräch nicht. Nur dann, wenn beide Zuhörer geworden sind, ergibt die Antwort sich wirklich wie von selbst.

331

Nicht nur den Worten zuhören, auch der Stimme zuhören, dem Gesicht, den Augen, den Händen, der Körperhaltung. Also: das Zuhören so erweitern, daß endlich der ganze Mensch sprechen kann, in seine Worte kommt. Denn alles will erzählen, will ausdrücken, nicht nur die Worte.

332

Das Zuhören so lange aushalten, das Urteilen so lange zurückhalten, die Antwort so lange für dich behalten, bis sich wirklich ein Gefühl ergriffenen Verstehens einstellt. Darauf geduldig warten lernen.

333

Zu lernen gilt es, einfach und entspannt nur zuzuhören, zuzuhören, ohne uns zu einer Antwort verpflichtet zu fühlen. Statt dessen sich nur der Aufrichtigkeit verpflichtet fühlen.

334

Alles braucht seine Zeit, auch und gerade ein Gespräch. Wir müssen lernen, uns die Zeit zu lassen, bis eine lebendige Verbindung zwischen uns entstanden ist und wir uns erst einmal näher gekommen sind durch unsere Gespräche ohne Antworten.

335

Leid, Glück und Unglück sind gute Gesprächspartner. Die Liebe und der Tod aber sind die besten, denn sie sind wirklicher als alles andere.

336

Damit zwischen zwei Menschen etwas zur Sprache kommen kann, müssen beide dieselbe Sprache sprechen.

337

In jedem echten Gespräch handelt es sich eigentlich darum, in der überraschenden Begegnung mit fremden Gedanken blitzartig die eigene verborgene Bestimmung zu erkennen und so ein Stück weiter zu sich selbst zu kommen.

338

Inserate wie diese: „Gesprächspartner zu mieten gesucht!“ wird es bald – oder sollte es sie schon geben?

339

Warum ist das Gespräch mehr als eine Unterhaltung? Die „guten Unterhalter“ sind entsprechend schlechte Gesprächspartner. Schon Unterhaltungspartner – geht nicht.

340

Wichtige Erfahrung: Wenn zehn Menschen dasselbe Wort sagen (:Leid, Liebe), so entspricht dieses Wort jedesmal einer anderen seelischen Wirklichkeit. Wofür ein Wort steht, darauf also kommt es an – und worauf?

341

Worte stehen niemals für nichts als sich selbst, weil sie niemals für sich selbst entstanden sind.

342

Jene Gespräche, die zu einem großen, beglückenden Lebensgefühl werden, weil das ganze Leben darin zur Sprache kommt, nicht nur die paar kurzen Stunden.

343

Das unbenützte Schweigen bei Gesprächen.

344

Beobachtung und Staunen wie aus all den vielen Wörtern allmählich ein Gespräch, etwas ganz Neues, bisher Nie-Dagewesenes entsteht, das viel mehr ist, als die vielen Worte sind, mehr sogar als das, wovon wir gerade sprechen. Erregend für mich dieser Prozeß der Umbildung, Neubildung, Verwandlung – auch in mir selbst.

345

Wenn Worte gewechselt werden, so bedeutet das noch lange nicht ein Gespräch.

346

Reden und ausreden, sprechen und aussprechen – darüber kann man reden.

347

Mit einem Menschen, mit dem man reden kann, sich aussprechen. (Wie wissend doch die Sprache ist.)

348

Die Erlösung von Redensarten in guten Gesprächen.

349

Hoffnung: Aus Sätzen, die einen Sinn haben, läßt sich keine Denkdroge machen, auch kein Beruhigungs- oder Schmerzmittel.

350

Am schwersten fällt es mir, Menschen zuzuhören, die entweder sehr schnell oder sehr laut sprechen. Ich glaube, die Lauten wollen sozusagen die Entfernung übertönen und die Schnellsprecher haben Angst, man würde sie viel zu früh unterbrechen. Ihr Gesprächsverhalten ist ein Reflex auf viele alltägliche Erfahrungen.

351

Wenn bedeutungslose Menschen sich eine Bedeutung geben wollen, indem sie sogleich ihre interessanten Freunde vorzeigen, weisen sie eigentlich erst so recht auf ihre Bedeutungslosigkeit hin.

352

Gesprächspartner, die beim geringsten Widerspruch gehässig oder wütend werden, denen geht es ganz offensichtlich nicht ums Erkennen – sondern ums Nichterkanntwerden.

353

Wer „ja, aber“ sagt oder „ja, trotzdem“, der sagt eigentlich nein.

354

Regel ohne Ausnahme: die Sprache ist viel klüger als die Sprechenden.

355

Dauerredner sind sehr unterhaltend und interessant, sobald man ihnen zusieht, statt zuhört.

356

Die schlechten Zuhörer erkenne ich an ihrem ungeduldigen Gesichtsausdruck. Schon nach den ersten Sätzen zuckt ihnen der Mund, und die Ungeduld, bald zu Wort zu kommen, steht ihnen ins Gesicht geschrieben. Ihr Kampf mit dem Verlangen, den jeweiligen Gesprächspartner zu unterbrechen, was sie jäh auch manchmal tun. Aber dann, wenn sie sprechen, haben sie meist nichts zu sagen und verlieren sich in Nebensächlichkeiten. Sie funktionieren mit der schrecklichen Gedankenlosigkeit von lange zuvor und zu einem ganz anderen Thema besprochenen Tonbänder.

357

Gespräche mit Kollegen (Stuttgart). Immer dasselbe Ritual: Wir stoßen Freudenlaute aus, bedauern mühelos, uns so selten, zu selten, zu sehen, was wir natürlich, selbstverständlich ändern müssen, wirklich, nicht wahr? „Selbstverständlich habe ich Ihr letztes Buch gelesen. Großartig!" Und so weiter und immer so weiter und – wir glauben uns kein Wort. (Daran mußte ich denken, als ich lachte. T., unwillkürlich wachsam: „Was lachen Sie?" – „Überspringen wir lieber die Antwort." Da mußte er auch lachen – na ja, so schlimm dran wie Kleinbürger sind wir nun doch nicht.)

358

Der Arzt, der mit gesammeltem Gesicht meinen Puls zählt und meinen Blutdruck mißt, aber mit unkonzentriertem Gesicht zuhört, als ich zu ihm von meiner Selbsterfahrung mit Autosuggestion spreche. Sein Gesicht wurde sofort wieder konzentriert, als es die Meßwerte aus dem Labor abzulesen galt. (Die Naturwissenschaft auf zwei Beinen.)

359

Ob berufsmäßige Gesprächspsychotherapeuten überhaupt noch zuhören und sprechen können, ohne daß es ihnen wie eine Leistung erscheint? (Gruppe: Ihre in die Augen springende Technik, Teilnahme vorzuzeigen, indem sie sich mit vorgebeugtem Körper dem Gesprächspartner zuwendet und ihn erwartungsvoll und zustimmend ansieht.)

360

Dieser betont freundliche, betont ruhige, betont gefühlvolle Tonfall von Therapeuten, die nach tausenden und abertausenden Sitzungen und Gesprächen kaum noch ihr Gegenüber als lebendigen Menschen erkennen können. (Ekelhaft!)

361

Dieser salbungsvolle Ton berufsmäßiger Trostspender besagt, daß sie im Grunde sprachlos sind.

362

Priester sind schlechte Diskussionspartner: sie denken nur, um zu verteidigen; wo sie nicht weiter können, berufen sie sich auf ihren Glauben.

363

Die normierten Fachsprachen der Ärzte, Anwälte und Steuerberater, die sie benützen wie Klosettpapier. Ihrem ernsten Gesichtsausdruck ist anzusehen, daß sie sich der Lächerlichkeit ihrer Rollenspiele nicht bewußt sind und sich sehr wohl dabei fühlen.

364

In Diskussionen reden Spezialisten gerne so, als ob sie keine eigene Meinung hätten und – auch keine haben wollten. Diese Feindseligkeit, wenn sie direkt als Mensch angesprochen und gefragt werden.

365

Polizisten im Dienst sprechen in einem Ton, als ob sie Widerspruch erwarteten und als ob man sie sowieso nicht ernst nehmen würde, was immer sie einem auch sagen. Am allerwenigsten können Polizisten ertragen, wenn man lachend ihren Aufforderungen nachkommt. Einer sagte dabei einmal zu mir: „Auch Ihnen wird schon noch das Lachen vergehen“, wobei sich seine Stimme deutlich änderte, drohender wurde, daß mir das Lachen tatsächlich fast vergangen wäre.

366

Am trostlosesten ist für mich der Anblick professioneller Zuhörer, die heimlich durch die Nase gähnen, weil sie meinen, alles schon gehört zu haben. Sie sind taubstumm, ohne es zu wissen. Im Grunde sind sie Zuschauer, Zuschauer ihrer selbst, die sich ständig zuschauen, ob sie auch wirklich den Anblick verständnisvoller, verführerischer Zuhörer bieten — anbieten. (Sehr viele Therapeuten, die meisten Schauspieler, aber auch Schriftsteller darunter und schöne Frauen.)

367

Wenn ich Kindern Märchen erzähle, ihre großäugigen Fragen höre und ihr junges, gläubiges, unvorsichtiges Zuhören spüre, das sich über nichts wundert, alles glaubt, alles versteht, und sehe, wie sie immerfort mit dem ganzen Körper teilnehmen und wie Freude und Angst ihre Gesichter verändern, je nachdem, was den Helden erwartet, dann kann ich gleich danach Gespräche mit Erwachsenen einfach nicht ertragen und gewöhne mich erst allmählich wieder daran, vorsichtig, in kleinen Dosen, wie an Gift.

368

Beobachtung: Der etwa Zehnjährige, dem sein Vater am hellen Tag den Mond am Himmel zeigen wollte, der ganz deutlich zu sehen war. Aber der Junge schaute nicht einmal hin und sagte nur kopfschüttelnd und beleidigt: „Es ist ja gar nicht dunkel." (Ich glaube, er wird Karriere machen.)

369

Beobachtung: Halbwüchsige übertreiben, parodieren unbewußt Stimmfall und Gesten der Erwachsenen, wobei sie sich besondere Mühe geben, den blasierten gleichgültigen Ton des Vielbesserwissens und Alles-schon-dagewesenen zu treffen. Da sie aber selbst noch nicht so lange da sind, amüsieren die Übertreibungen noch. Sie glauben sich selbst nicht so richtig. Diese kleinen, schnellen Seitenblicke, dieses Wegsehen, wenn ich Augenkontakt mit ihnen suche. Für alles muß der Vater oder der Lehrer herhalten. Wenigstens aber verändern sie den Tonfall, sobald sie sich von einem Thema angesprochen fühlen. Erwachsene bleiben und ersticken in der Lieblingspose ihres Gesprächsverhaltens.

370

Die Stimmen der Frauen klingen ganz anders, sobald sie mit Kindern sprechen, und wieder anders, ob sie mit eigenen oder mit fremden Kindern sprechen. Und dann jener Ton, in dem nur Liebende miteinander sprechen. Und die Stimme einer Frau nach der Vereinigung.

371

Ein alter Mann sagte mir einmal: „Ich habe ein ganz anderes Leben gewollt. Aber, es ging nicht." – „Warum nicht?" – „Weil es nicht ging!"

372

Stolz sagte einmal ein alter Bettler zu mir: „Auch ich war einmal Millionär – in der Inflationszeit."

373

Aus einem Gespräch: „Ja, das Restaurant kenne ich auch gut, ging dort vier Jahre lang ein und aus – als Kellner."

374

Da haben wir uns getroffen, um miteinander zu sprechen, und nun sprechen wir voneinander, übereinander. Und alle sprechen durcheinander, sobald ein Thema angesprochen wird, das alle stark berührt. Die erregte Stille, ehe alle plötzlich lossprechen, einander unterbrechen, oft mitten in einem Satz, mitten in einer Frage.

375

Wie oft glaubte ich, mit einem Menschen zu sprechen, aber dann plötzlich entdeckte ich, daß der andere nicht meine Sprache spricht, sondern jene seltsame Krüppelform der Sprache, die man Unterhaltung oder Plauderei nennt und in der sich alles darum dreht, Eindruck zu machen und die Zeit totzuschlagen wie eine kranke Ratte. Diese Menschen, ist schmerzhaft zu spüren, waren nie eins mit Worten wie Qual oder Verzweiflung oder Glück oder Schuld. Diese besondere Einsamkeit, die mich in solchen Plaudereien überfällt und je mehr ich mit ihnen spreche, desto einsamer werde ich. Und das Ende dieser Unterhaltungen ist immer wie eine Befreiung.

376

Daß ich mich in einem guten Gespräch verlieren und finden kann – gleichzeitig.

377

Kann ich Menschen, mit denen ich spreche, nicht fühlen: Täuschungen und Enttäuschungen, ebenso flüssige wie überflüssige Sätze, Kopfschmerzen und Müdigkeit.

378

Je länger ich mit manchen Menschen spreche, desto weniger verstehe ich sie.

379

Je schwerer es mir fällt, eine Sprache zu verstehen, desto leichter fällt es mir, die Menschen zu sehen. (Taubstumme müssen eine unvorstellbare Beobachtungsgabe haben.)

380

Für mich ist es wichtig, was einer mit seinen Händen macht, während er mit mir spricht.

381

Manchmal stelle ich mich unwissend, um ein Gespräch doch noch zu retten.

382

Wenn Menschen (Jo, At ausgenommen) zu mir über mich sprechen, sofort und andauernd das Gefühl, es gäbe mich kaum. Und ich werde immer fröhlicher, weil ich von einem Fremden Eigenschaften und Geheimnisse erzählt bekomme, wo es im Grunde nichts gibt, weder diesen Fremden noch diese Eigenschaften noch diese Geheimnisse. Ich nicke und gebe alles zu und denke: So einer bist du.

383

Die Worte, die ich wähle, kann ich erklären, nicht aber, was sie den Menschen sagen.

Weitere Werke des Autors:

Suchen Sie Magdalena?
(Im S. Fischer-Verlag, Frankfurt)
Brauchen Hungernde denn Gedichte?
Ordensunreife Gedanken
Lösch die Feuertulpen
(Im Theiss-Verlag, Berlin)
Schleichwege zum Ich I, II
Augen-Blicke
Stabile Träume und andere Wirklichkeiten
Daß das Glück ganz anders ist
Glück aus Versehen? Unglück aus Verstehen?
Überprüfung eines Abschieds
Brauchen Hungernde denn Gedichte? I
Ordensunreife Gedanken I
Hauch (nicht) das Thermometer an, wenn Du frierst!
Ein tödlicher Fall von Nächstenliebe
Anstiftung zum Glück
All meine Qual
Unser täglich Faschismus
Warten auf Marx
Fleisch der Zeit
Der Mann von 50 Jahren
Der Zeuge (El Ghalal)
Als ich im Sterben lag
Der Neue Tod
Wie tot sind die Toten
Gedichte zum Auswendigleben
Passende Wüste für Fata Morgana gesucht
(Im Nie/nie/sagen-Verlag, Konstanz/Freiburg)

Seine **Hörspiele** wurden gesendet u. a. von der Deutschen Welle, dem Saarländischen Rundfunk und dem Bayerischen Rundfunk.

Werner Sprenger Ordensunreife Gedanken

I

Eindeutige Sätze gegen höchst zweideutige Zustände

ISBN 3-921778-10-7 96 Seiten

Wer einen fremden Gedanken versteht,
versteht immer mehr als nur diesen Gedanken. 403

Es gibt Gedanken,
die du nicht begreifen kannst,
ohne dein Leben zu verändern. 405

Wenn die Stimme des Gewissens spricht —
gibt es viele Schwerhörige. 355

Aus Menschen sind Christen geworden.
Wann werden endlich aus Christen Menschen? 258

Lebensläufe gleichen Marathonläufen mit dem Unterschied,
daß den meisten Menschen vorm Start ins Leben
die Beine amputiert werden. 20

Freizeit: jene Zeit,
die der Durchschnittsmensch für seine eigene hält. 25

Die Politiker suchen mit Absicht so fleißig die Übel dort,
wo sie auch ganz sicher sind, sie nicht zu finden. 128

Werner Sprenger
Daß das Glück ganz anders ist

ISBN 3-921778-47-6 134 Seiten

Der, der Dir antwortet auf Deine Frage: »Was ist Glück?«, der kennt das Glück nicht. Alle Antworten sind unnütz. Wie einer lebt, ob er wirklich in sich selbst ruht (oder nur so tut), ob er Freude weckt und Liebe, das ist es, worauf Du achten solltest, auf Deiner Suche nach Glück.
UND paß auf, daß es auch Dein Glück ist, das Du gesucht und gefunden hast. Glücklich machen allein macht nicht glücklich. Die es Dir weismachen wollen, wissen es zu Deinem Unglück.

Weißt Du, was Du alles nicht brauchst, um glücklich zu sein? (Wenn Du das weißt, brauchst Du das Buch nicht lesen.)

Inhaltsverzeichnis